# 밤은 깊고 바다로 가는 길은

전윤호

**시인의 말**

가을엔 춘천에 있었고 겨울엔 강릉에 있었다.
어디에도 너는 없고 폭설만 내렸다.


시간이 지나면 소멸하는 사랑을 하고 싶었는데, 봄은 정
선 시장에서 나고,
서울로 끌려가 여름을 견디면
몇 해 더 살 수 있을까?


밤마다 머리에서 글자들이 시든다.
한 계절 강릉 바다를 열어 준 김학성과 유경근에게 감사
하다.

2022년 가을
전윤호

# 밤은 깊고 바다로 가는 길은

## 차례

### 1부

**3부**

## 4부

**해설**

1부

# 종이무덤

너희들이 땅 사고
건물 올릴 때
벽돌 지고
벽을 칠했지
더 좋은 묘지를 만든답시고
법을 어기고
더 큰 묘지 올리라면
바위 캐내다
때로 순장도 당했지
밤마다 욱신거리는 몸으로
시를 쓴다
언젠가는 도굴당할
이 거대한 무덤 속에서
무너지지 않는 내 무덤
태워도 태워지지 않고
훔쳐도 훔쳐지지 않는
천 년 무덤을 위해

# 공공도서관

저 숲을 이룬 아파트들
손보다 높이 올라간 서가들
창마다 불이 켜진 무덤들
어차피 다 읽어 볼 수도 없는
색인표 하나씩 둘러쓴
잃어버린 왕조의 유물들
내 살아온 얘기 책으로 쓰면
소설책 열 권도 모자라지
월세 올리러 온 노인이
엘리베이터 타고 올라가면
퀴퀴한 침묵이 내리누르는
망자들의 열람실에서
눈에 불 켜고 무덤을 뒤지는 도굴범들
빌릴 수는 있어도
가질 수는 없는 집들
은행이 말한다
당신은 연체 중입니다
대출 금지입니다

# 서울에서 20년

마주 보면 어색한 건
서로 무덤이 보이기 때문이에요
당신의 눈 속엔 관이 안치된 현실이 있지요
우리는 어둠 속에 그림을 그려요
청룡과 백호
주작과 현무
천정에 그려진 어느 별자리가 당신인가요
아직은 지상의 밤
오늘의 해와 달을 즐겨요
어차피 우리는 주소를 밝힐 수 없는
익명들일 뿐이니까요
입구가 막힌 뒤에도
나무뿌리 무성한 팔로 서로를 안을 수 있을까요
우리는 이미 반쯤 죽었어요

# 무덤족

파라오도 천민도
평생 무덤을 만들지
집은 기껏해야 평생이지만
무덤은 영원하니까
더 긴 미래를 향한 투자
영생으로 가는 길이 있다는 소문도 있지
몸뚱아리 하나 누울
방 한 칸 없어도
남의 무덤이나 꾸미며 먹고살아도
머릿속은 항상 내 무덤 설계 중
뼈가 흙이 될 때까지
무너지지 않는 무덤
내가 모은 가장 아름다운 돌들이
빛나는 무덤
하늘로 솟아오르는 무덤들 아래
어깨에 밧줄 자국을 감춘 자들은
땅만 보며 걸어가지
그 속에 뭔가 있는 것처럼

# 무덤 아이

무덤과 무덤이 만나
아이를 낳았지
관을 보며 자라는 아이
벽이 전부고
어둠이 친구지만
네가 무덤을 떠난다 해도
어차피 세상은 더 큰 무덤
너는 무덤의 아이
땅 위로 나가면
당분간 집 생각은 잊어버리렴
네 무덤을 만날 때까지
춤이라도 추고 있으렴
우리에게 햇볕은 너무 짧단다

# 문명사

나는 무덤
입구는 막히고
관은 깨졌지
돈 되는 건 다 털려
백골만 남은
나는 어제도 오늘도 무덤
무덤 위의 무덤
무덤 아래 무덤
무덤 위에 집을 지은 마을들
역사라는 게 고작
무덤의 전쟁과 평화
묘비도 없는 나를 비웃는
너도 무덤
어둠 향해 난 창문들
그만 용쓰고
마지막 술이나 한잔하지
다시 깨지 않기를 바라면서

# 삽질

당신은 오늘도 땅을 파는군요
불에 탄 기왓장들과
죽어 버린 내 마음을
이제 와 햇볕 속으로 꺼낸들
잃어버린 도시가 돌아올까요
당신이 불 지른 사원에
사랑의 신이 아직 깃들어 있을까요
폐허는 폐허로 족해요
당신이 건질 수 있는 변명은 없지요
여기는 당신의 무덤
살아서 나갈 수 없어요
그게 마지막 위안이지요

# 고독사

우편물은 거부합니다
초인종 눌러 봤자
철문에는 사천왕이 눈을 부라립니다
요즘 폐관이 유행이라지요
모두들 동안거 중입니다
한 소식 얻은 자들이 늘어나겠네요
이 나라는 수행자들의 천국
곳곳에 토굴 파고 암자 짓습니다
지금 혀를 차는 당신도
결국은 홀로 용맹정진하다 끝나지요
부디 윤회의 굴레에 들지 않기를
오늘도 이 도시의 한구석에서
토굴 하나 발굴되었답니다
경배합시다
당신이 마스크 쓴 부처입니다

# 구름표범

구름표범이 나무 위에서 자고 있다
원숭이와 사슴 꿈을 꾸면서
열대우림은 안개로 자욱하고
나무 아래는 작은 것들이 돌아다닌다

구름표범은 듣는다
집을 떠난 신들이 돌아오지 않을 거라는
부엉이들의 수다
잠결에 약간 뒤척인 건
제법 큰 돼지가 지나가는 소리 때문이다

아직은 때가 아니다
번개 잡아타고
하늘로 올라갈 생각이지만

구름표범이 나무 위에서 자고 있다
어제 잡은 시를 생각하면서
목덜미의 싱싱함과

깨끗한 염통을 되새기면서
이 땅의 날들도 재미있지만
마스크가 지겨워
놈은 곧 떠날 것이다

# 귀로

멀리 와 보니 알겠네
모르는 사람들과 밥 먹고
처음 본 골목에서 술 마셨지
잔 들 때마다 딩동 딩동
순서 재촉하는 종소리
아무도 손잡아 주지 않는
멀리 와 보니 알겠네
아무도 내게 웃어 주지 않고
손 흔들어 주지 않는다는 걸
너무나 당연하던 인사조차
가격표가 붙어 있더군
어서 돌아가야겠네 집으로
마스크 위에 마스크 쓴 사람들이
등 돌리고 걷는 거리
순식간에 떠나는 기차 타고
그동안 얼마나 멀리 왔는지
이제야 알겠더군

# 근황

깊은 밤
시가 나를 쓴다
그는 잠들었다고
세 끼 밥 다 먹고
한 봉지 쓰레기 만들며
오늘도 잠들었다고
탁자엔 치우지 못한 술병과
무고한 동물의 살들
자동으로 돌아가는 보일러는
알아서 불을 피우고
혼자 떠드는 라디오에서
역병으로 힘든 자들이 기도하는데
깊은 밤
시가 나를 쓴다
만들기만 해 놓고
그는 잠들었다고

# 내 마음의 섭입대*

해변에 죽은 나무들이 즐비해
몸통은 사라지고 그루터기만 남은
강도 9의 흔적들

그날 심장이 무너져
깊고 푸른 네 속에서
언덕을 삼키는 해일이 일었던가

지금은 잔물결 일렁이는 해변
고운 모래밭에 느닷없이 늘어선
뾰족한 가문비나무 잔해들

한때 다정했던 불빛들이 모여 살다
이제는 가라앉아 바다가 돼 버린
저 기다란 섭입대

당신은 아직 내가 까칠하다지만
한없이 바닥으로 밀려 들어간

잃어버린 나를 알지 못하지

* 두 대륙판이 충돌해 밀려 들어가 가라앉은 지형

# 독후감

아침에 눈을 뜨는 게 아픕니다
손톱은 왜 환하게 빛날까요
끝이 기억나지 않는 술자리
인사 없이 헤어진 작별이 좋습니다
한 번도 가 보지 않은 항구로 가서
편도로 표를 끊고
나를 보내고 싶은 아침입니다
연애는 한 권의 책이어서
시작이 마음에 들면 빠져들고
읽다 보면 본인도 잊어버리지만
마지막 장을 덮고 돌아보면
문밖은 어느새 저녁이지요
제자리에 곱게 세워 주고
한잔하러 갑니다
잔을 들 때 아픈 구절이 떠오르면
단숨에 털어 버려야지요
읽어야 할 책은 많고
어차피 내일도 아픈 아침입니다

오늘은 푹 잘 수 있을까요

## 마지막 고개

내 안에 재를 보았니 구불구불한 길을 따라 오르면
인가는 끊어지고 소나무와 자작나무숲이 사는 곳

언제 뚫었는지 모를 외줄기 굴이 관통한 저 깊은 어
둠 속 누군가 손짓하지 어서 오라고 아니 오지 말라는
것일지도

저 굴로 들어가는 데 수십 년이 걸렸지 지켜야 할 것
이 너무 많았어 돌아보니 이젠 모두 쓰레기들 나까지 버
리게 만드는

저 굴 지나면 황홀한 내리막길 구비마다 들꽃이 반기
고 사람은 아예 보이지 않으니 개울 건너 나는 가지 저
암자로

내 안의 재를 보았니 거짓말투성이 간판들로 가려진
길 사람들이 공사 중이라며 막아서는 언젠가는 올라야
할

# 너 아직 거기 있니

너 아직 거기 있니
날 저물고
모두 집으로 돌아갔는데
불탄 빈집만 남은 공터에
너 아직 남아 있니
셀 수 없는 가을이 다시 와
문득 깨는 한밤
머리맡에 흐르는 울음소리
잘못하지 않았는데 죽으라 하고
억울해 싸우다 따돌림당하는
참 단순한 놀이들
저물녘 모두 불려 갈 때
아무도 호명하지 않은 아이
너 아직 거기 있니
금 밖에서 들어오지 못하고
나방처럼 밤 골목을 바라보는
너 아직 거기 있니

# 발굴

한밤에 깨었지
쿵 하고 무너지는 소리
가슴속에 울렸거든

눈꺼풀 열지 않고
깊은 숨 따라가
마침내 다다랐지
내 안의 유적

갈색 언덕 위
계단이 긴 신전이 보였지만
주민들은 없었어

반지하 흙벽돌 집들
창문도 없고 문도 없는
지붕에서 사다리로 내려가는 방들

둥근 화덕 앞에 앉으면

금방이라도 네가 웃으며
희고 얇은 빵을 내밀고
누우면 꿈 없는 긴 잠을 잘 듯한

죽지 못해 사는 한밤에 보았지
벌써 여러 번 살았던 도시
살아남은 것은 떠나고
죽은 책들만 뒹굴고 있었지

비가 오지 않는 하늘 아래
죄 없는 제물을 바치며
나는 중얼거렸어
왜 혼자 살아남았을까

한 도시가 묻히면 그 위로
또 한 도시가 세워지고
그때마다 다른 내가
폐허 속에서 중얼거리고 있더군

# 버즘나무

이번 겨울은 너무 추워
죽으려 했어요
봄이면 푸른 젖몸살이 난 나무
잘난 척하는 꽃들
눈치 보는 게 지겨웠거든요
나는 그냥 나
이 별에서 시인이지만
도둑이고 사기꾼이고
그냥 손 벌리는 거지기도 하지요
아마 다른 곳에서는
학살자이거나 아첨꾼이었을 거예요
난 아무도 모르는 블랙홀
함부로 넘겨짚지 마세요
당신도 당신을 몰라요
당신은 또 가지를 자르지만
이번 봄은 너무 따뜻해
조금 더 살아 볼게요
모두들 내가 흉하다지만

햇살보다 어둠이 더 향기로워요

# 보석 상가

예전에 만났던 사람이 그리워
종로3가로 갔지
전화 한 통화에 일주일을 견디고
한 편의 영화를 보기 위해 비싼 표를 사던
단성사는 보석 가게가 되어 있었네
히잡을 쓴 여자들이
휴대폰을 들고 다니는 저 골목은
우리가 연기 속에 삼겹살을 굽던 곳
이미 그는 없는데
나는 무엇을 보고 싶었던 건지
창덕궁으로 가는 길엔
화사한 한복 입은 여인들이 구름처럼 날아다니고
빨간 점퍼가 서러운 노인들이
그늘에서 막걸리 마시는 종로3가
나를 닮은 유령이 가로수로 서 있고
그때는 그리도 답답했던 순간들이
환한 불빛 속에서
보석으로 반짝이고 있더군

# 새장

너도 머리에 새를 키우니
깨금발로 눈물샘 마시고
마음속 헤집어 우울한 벌레 잡는
언제부터 살았는지 모르는 새 한 마리
너를 향한 바람이 귀밑머리 날리면
굽은 부리 반짝이며 지저귀고
어두운 생각에 길 잃으면
발등을 쪼는 까만 눈
너도 등 뒤에 새를 키우니
날개 펼치면 날아올라
이 도시를 떠날 수도 있니
오늘도 깃털이 빠진 소주 마시는
무겁기만 한 난
구구구구 구구구구
새장 속을 걷고 있어

# 한밤에 쓰는 시

입을 막아도 봄은 가고
만나지 못하게 해도 여름은 온다
자전거 타다 넘어진 아침
옆구리가 아파도 약속은 있고
휴대폰을 잃어버려도 하루는 간다
술도 안 취하고
수면제도 안 먹은 밤
그래서 어쨌다는 말인가
누군가 사랑하지도 않고
시 한 편 쓰지 못했다니
보이지 않지만 소나기가 내린다
양철지붕을 두드린다
문을 열라고 문을 열라고
입을 막아도 마음은 운다

# 허물

어쩔 수 없이 이사할 때가 있지
막 벙그는 목련 아까운 봄
낡은 몸뚱이 싣고 떠나지
아귀 맞지 않는 마지막 문 닫으면
어느새 지워지는 골목들
정폐기 하는 청구서들
다리 건너기 전 돌아보면
체납된 사랑들
살려면 이사할 때가 있지
만물엔 세가 붙어
깜냥껏 얻었다 생각했는데
보증할 수 있는 방은
순식간에 작아지지
혀를 날름거리며 작별하고
다시 돌아오지 못하지

2부

# 그라피티

모두 잠든 한밤
엄숙한 광장에
불온한 자가 낙서를 한다
제멋대로 흰색을 뿌려
신성한 동상들을 모욕하고
석탑을 묻어 버리며
십자가를 지워 버린다
일터로 가는 길도 막힌 아침
마스크를 한 사람들은 욕을 하며
눈을 치우고
검고 흰 세상은
추위 속에 얼어붙는다
그라피티를 노려보며
다음 밤엔 날 선 달이 뜬다

# 마지막 잔

지나 보니 알겠네
맛도 모르고 취해 버린 독한 술들
느끼기도 전에 지나간 시간들
줄줄 새는 주머니에
욕심껏 채우던 잡동사니들
들고 뛰어 봤자 나올 수 없었던
참나무 통 속에서 묵은 일생
열어 보니 알겠네
남는 건 그대의 향기와 색깔뿐
나는 숙취만 남기고 지워져
놓쳐 버린 사람과
혀를 파고드는 후회들
무엇이 그리 바빠
문이 닫힐 때가 되어야 알게 되는지
이제는 돌이킬 수 없고
지나 보니 알겠네

# 바람

강 건너 너의 집
안개 무성하고
다리 보이지 않는다

널 향한 마음 무거워
바라만 보다 가라앉는데
안개 건너가는 바람

이제야 알겠다
마음은 바람처럼
비워야 한다는 걸

# 봄비

열 번 사표 쓰고
백 번 실연당하고
천 편 시를 썼지
만 잔 술을 마시며
몸 던진 수억의 슬픔들
아직도 헤매 다니네
맨머리로
단 한 줄을 쓰기 위해

# 불쌍한 시집

나는 당신의 불쌍한 막내아들
임종 때도 걱정하던 옹이
장삿날 취해 놀고
절할 때마다 속으로 욕하던
나는 당신의 파지
부러져 쏟아진 비명들
이제 그만 가시지
눈 내리는 아침
아직도 거울 속에 사는
아버지 나의 불쌍한 시집
날 버리지도 않고
내가 버릴 수도 없는
아버지 나는 당신의 어두운 유전자

## 평온한 밤


조등 걸고 염쟁이 기다리는 밤
관을 멜 사람들도 소식 없고
사생아로 자란 슬픔이
물김치 놓고 소주병을 딴다
알코올 도수와 영하의 기온이 비슷해
상주들은 얼었다 취했다
아무도 울지 않는다
아침이면 호상이라고
이웃들이 몰려올 것이다
솥을 끓이고 돼지를 잡을 것이다
당신이 누워 있는 병풍 앞에서
아직 슬픔이 뭔지도 모르는 어린 상주가
새우잠을 잔다

# 갈 때

살던 방 내놓고 청소했다
떠나려니 괜히 좋은 풍경들

동네 상가에 한 번도 들어가지 않은
상점과 교회와 포교당 들
쓰레기봉투 양손에 들고
걸어가는 저녁

일전에 눈 맞춘 길고양이에게
손 들어 인사한다
너무 멀리 가
다시 오지 않을 동네
목련나무에 까마귀가 앉아
외상은 없는지 묻는다

내가 없어도
곧 꽃이 피겠다

# 강릉에는 바다가 없었네

강릉에는 바다가 없었네
모래사장 걸으며
동행의 말에 귀 기울이고
혼자인 사람들은 자기를 보고 있었네
어둠이 내려 아무것도 보이지 않는다고
누군가에게 큰소리로 전화하고
식당을 고르는 일에 열중할 뿐
어둠 속에서 엄마가 부르는 듯하여
울고 있는 아이는
한 발 더 가지 못해 주저앉고
오징어 배도 보이지 않는 수평선에
누군가 등 돌리고 걸어가고 있었네
강릉에는 바다가 없었네
사람들은 심각한 표정으로
자기가 왜 이곳까지 밀려왔는지 물을 뿐이었네

# 거진

오징어 내장이 산처럼 쌓이고
도루묵을 삽으로 퍼서 팔던 시절
길 잃은 멸치 떼가 부두로 몰려들면
맨손으로도 잡을 수 있었습니다
그들은 어리석어
대가리가 시키는 대로 갔지요
아직도 이 길이 잘못 든 것 같은데
거진 다 온 듯하여 멈췄습니다
미친 여자가 전봇대에 올라가
온 동네가 정전되던 시절
부대장이 허락하지 않으면
배도 못 나가고
집도 못 고쳤습니다
어부들이 바다에서 돌아오지 못해도
마당에 북에서 온 삐라가 떨어져도
아이들은 비늘을 반짝이며 학교로 갑니다
떼를 지어 국민교육헌장을 외우고
군가를 부르며 고무줄놀이

지금은 좀 달라졌나요
세상은 넓고 커
어디나 투표함엔 썩은 대가리와
끓는 솥뿐이었네요
거진 다 온 듯하여 멈췄습니다
이곳만 빠져나가면 될 줄 알았는데
당신은 어디쯤 왔나요

# 겨울 눈

자정까지 기다렸지
파헤쳐진 도시와
수척해진 바다도
창을 곁눈질했네

함박눈이 유성처럼 내렸지
꼬리가 가로등을 긋더군
할 말은 많았지만
모두 입을 다물었네

인간을 아는 인간은
인간을 믿지 않지
저 살자고 남 죽이는
법과 도덕들

깃발은 들지 못했지만
언제나 혁명은 놓지 않았네

아침이면 해가 뜨고
마스크 쓴 사내들이
길을 내겠지
아무 일도 없다는 듯

밤새 내린 눈과
눈을 기다리던 마음은
드르륵드르륵
식어 가고 있다네

# 우리는 겨울을 견딜 것이다

가을은 태풍이 몰고 왔다
남쪽 바다에서 시작됐다고 했다
회오리 모양의 대가리가 올라오면서
역질이 도는 육지는 공포에 빠졌다

두 달 계속된 장마로
집에는 덜 마른 빨래들이 흔들리고
부엌엔 바퀴벌레가 들끓었다

일거리가 끊겨 집에 갇힌 사람들이
종일 이어지는 속보를 보는 동안
거대한 댐은 수문을 열었고
오래된 다리는 뜯겨 나갔다

권력을 잃은 자들이 모여서
권력을 얻은 자들을 욕하는 동안
창조주를 믿는 교회는
창조주가 만들었을 바이러스를 전파했다

천둥 번개에 놀라 깬 밤
아무도 잘못한 사람 없는 동네에
장대비 퍼붓고 가더니
곡비처럼 귀뚜라미가 울었다

가을은 태풍이 몰고 왔다
도시를 날리는 강풍과
방파제를 넘는 파도가
이 도시를 청소했다
우리는 겨울을 견딜 것이다

# 그 여름의 비비추

자꾸만 바다로 떠나는 마음이
절벽에 기댄 암자를 찾았네
향일암 숨 차는 경사를 오르며
은근히 당신이 원망스러울 때
손 흔드는 꽃들을 보았지
보라색 비비추 수줍게 환영해 주더군
겹쳐진 바위틈에 난 길보다
원효 참선한 좌대보다
그들이 내 맘에 들어와 앉으니
그제야 보였지 해수관음보살
내 안에 정병을 들고 서 있었네
지워지지 않는 항로를 보여 주고 있었네
후들거리는 무릎 달래며 돌아가는 길
역병은 곳곳을 막았지만
비비추가 속삭였지
조금만 더 기다리라고
저무는 저녁이 외롭지 않았네

# 까닭

나를 떠난 당신 소식 좇아
홍련암으로 갔으나
등 돌린 파도만 보았지요

혹 향일암일지도 모른다는 기별에
숨찬 계단 올라
바위틈에 머리도 한 번 찧었지만
이미 떠난 뒤였습니다

이름도 모르는 보라색 꽃들이
하산 길을 막더니
보리암으로 가 보라더군요

바다에 바다로 길은 이어지고
내가 갈 지옥만큼 커다란
정유 공장과 제철소를 지나
끝도 보이지 않는 다리를 건넜지요

산꼭대기 절벽에 암자를 짓는 이유가
그래도 오겠느냐는 다짐인 듯하여
헉헉거리며 올랐더랬습니다

나무부처에게 길을 물으니
절벽을 가리켰습니다
당신은 바다를 본다 했습니다

석등이 지키는 돌계단에서
젖은 손 닦고
잠시 망설였지만
한평생 쉬지 않은 발을 돌렸습니다
아직도 까닭은 모르겠네요

# 덜컥

누가 어깨를 친다
돌아보고 싶지 않은데
지나온 길이 두려운데
안목항 커피 집에서
큰 창 열고
바다를 보았던가
파도를 보았던가
덜컥 네가 나타난다
나는 갈매기처럼 지쳤는데
덜컥 구름이 물들고
해가 뜬다

어쩔 수 없이
일어나야겠다

# 돌아온 편지

비가 비를 껴안고 떨어지더군
차마 아래 보지 못하는 사이
소리는 소리를 던지고
몸집 불린 슬픔이
터진 입술로 내달리더군
빗속에 껍질 벗은 매미가
악착스럽게 우는 오후
장마는 태풍을 부르고
며칠째 지워지는 길만 바라보는데
당신은 어느 항구에 묶여 있는지
신발은 이미 젖었고
물비린내 코를 찌르는데
이 지루한 무덤을 떠날 수 있을까
구름은 구름을 부르고
어둠은 어둠을 부르는데
비가 비를 껴안고 떨어지더군

# 물치항

헤어지자 문자 왔을 때
해 지는 중이어서
이유는 묻지 않았지
곧 어두워질 텐데
지난 낮이 무슨 소용 있겠나
냉장고 열어 보면
불빛 속 고개 돌리는
포장지에 싸인 시체들
소주 한 병 꺼내 따지도 못하고
저무는 바다 바라본다
해돋이 명소라는데
돌아갈 길 없는 늙은 갈매기처럼
쫑쫑쫑
방파제를 걷는 그림자
이제 별도 없는 밤이다

# 반달

밤은 깊고 바다로 가는 길은 멉니다
불 꺼진 집들이 더 많은 마을
반달 하나 떠 있는데
나를 기다리는 집은 파도 속에 있습니다
오늘도 밥 한 술 뜨자고 많이 걸었습니다
헌 채권 사러 다니는 남자처럼
낡은 가방에 후줄근한 바지가
자꾸 밟히는 날들
외투를 벗고 신발을 가지런히 놓은 등대가
반짝입니다
누구의 방파제도 되지 못한 사내 앞에서
아비 없는 아이들이 불꽃놀이 하는 밤입니다
태풍이 오려는지 갈매기 낮게 나는데
밤은 깊고 바다로 가는 길은 멉니다

지경地境* 2


겨울비에 바다가 내렸다
내가 파도를 철썩철썩 보내자
바람이 참지 못하고 울었다
몸 바뀐 우리 오래도 견뎠구나
길은 더 이상 쓰러지지 않고
밤이 끼룩끼룩 날아올랐다


* 강원도 양양군 현남면 지경리 바닷가 마을

# 지경 地境

결국 여기까지 왔지
돌아갈 수 없어
바다가 되겠네

슬프진 않아
일방통행이었지

알 깨고 태어나
지금은 파도에 가슴 물리고
숨질 때

다시 깨어나면
한 껍질 벗겠지
모래밭에 가득한 허물들

결국 여기까지 왔지
하늘로 올라가 똬리 틀다가
번개와 내려오겠네

3부

굴뚝


봄볕을 따라가니 고향이었다
집은 다시 마당을 열고
목줄이 없는 개가 길길이 뛰며 반겼다
아궁이엔 불이 한가득
쇠죽이 끓고 있는데
굴뚝 같은 아버지는 보이지 않았다
멀리 다리 위에서
가방을 대충 든 아이들이
나를 보고 손을 흔들었다
하는 수 없이 밥을 안치고
아내를 찾으러 텃밭으로 갔다

## 다다호텔
—함선아에게


서울은 뭐든지 가능하지
작은 한옥들이 쓰러져 가던 익선동은
외국인이 넘치는 쇼핑가가 되었고
요정으로 유명했던 오진암은
정자 하나로 남았네
다다호텔은 그 뒤에 숨어 있지
사진 찍는 여주인이 맞이하는 곳
한여름에도 눈보라가 몰아치는 풍경과
무료 커피머신이 있는 곳
종로3가역 4번 출구에서
삼십 년 만에 만나는 여인을 기다리다가
낙원 아구 골목에서 만취해 돌아오면
다 안다는 듯 열쇠를 건네주며
추억까지 쉽게 하는 곳
서울은 뭐든지 가능하지
아침부터 장기판 앞에 진을 친 노인들 옆으로
볼 빨간 금발 여인이 지나가는 곳
이천 원짜리 식당들과

악기를 전문으로 잡는 전당포 밑으로
나는 단지 며칠만 존재하지만
한밤에도 불 켜진 다다호텔엔
그녀에게 사로잡힌 순간들이 벽에 걸려 있지

# 다래끼

형들과 물고기 잡을 때
막내인 내 담당은 다래끼
여울살에 견디지 못해
족대도 못 들고 몰이도 못 하니
물 밖에서 소리만 질렀다
자갈 달구는 여름 햇살에 꿈틀거리던
메기의 추억
겨울엔 씨앗을 담고
여름엔 물고기를 담던 다래끼는
이제 골방에 걸려 있다
숱한 물살 헤치며 내게 온
이 추억들은 무엇으로 담을까
싸리나무 엮던 밤은 사라졌는데
족대 들고 강을 뒤집던
형제들도 늙었는데
나는 아직 다래끼를 차고
강변에 앉아 있다

## 도피안사

    당신이 있다기에 달려갔지요 화천 지나 사창리 고개 넘어 벌판에 덩그런 사거리에 멈추기도 하면서 그래요 알아요 당신은 한곳에 오래 머물지 않지요 나는 또 발자국만 볼지 모르겠네요 도피안사 사라진 왕도에 숨겨진 그 절은 몇 번이나 불탔을까요 재 위에 재를 세우는 세월은 어디쯤에서 깃발을 꽂았나요 꽃이 열리는 산 사천왕전을 지나 천 년을 버틴 연꽃 위에 삼층탑이 솟아 있는데 당신은 보이지 않고 나는 또 한 번 소실돼요 다시 깨어나면 노랑 고양이 되어 순한 눈으로 당신을 찾겠어요 톡하고 가볍게 다리를 건드리겠어요 도피안사 주지는 보이지 않고 마스크 쓴 철불만 웃고 있네요

# 뜨거운 성자

불가마 한증막도
익숙해지면 견딜 만하지
어차피 거적 뒤집어쓰는 신세
처음만 견디면 비슷해

너무 뜨겁지 않는 자리가
어디 있을까
지옥도 이러면
권태로운 반복이겠네

요즘 자주 간다 화장장
장의사 버스 타고
그러다 나도 가겠지
저 불가마 속으로

몸은 불타는데 정신은 말짱해
내려다보다가
눈물 대신 땀 흘리며 떠나겠지

시원하게

## 마젤란 카페

내가 태어난 별은
먼지보다 작아요
지금 어느 성단을 지나가나요
방금 별이 폭발하더니
다이아몬드 조각을 사방에 뿌리네요
고향은 중요하지 않아요
우주는 너무 커서
한 번 지나가면 그만이지요
우리가 다시 만난다면
머나먼 타관이겠지요
잠시 머무는 순간에
마음을 주지 말아요
서로 너무 잘 알지요
무서운 속도로 궤도를 만들며
떨어지는 일정이라는 걸
결말은 궁금하지 않아요
일생은 순간 빛날 뿐
보이지는 않지만

영원히 불타는 당신의 옷자락을 위하여

잔을 들어요

## 반가운 투병

네가 떠나자 고맙게도
독감이 찾아왔다
빗장 지른 빈집에
기침과 콧물이 쏟아졌다
39도까지 열이 오르면
잠 못 자고 밥 못 먹으니
당연한 척 그냥 아프기만 하면 됐다
어차피 독감으로 죽진 않는다
실연으로도 그럴 것이다
간신히 일어나 창문을 여는 밤
하늘 가르며 별이 떨어진다
얼마나 오래 널 앓았던 걸까
거울 보는 사내가 웃고 있는
이 별이 낯설다

# 밤샘

동트는 새벽
뻐꾸기가 내 시를 읽는다
깨질 둥지의 평화

복선을 암시하며 간간이
목줄 풀린 개가 짖는다

어쩌자고 저리도
가혹하게 낭랑한지

밤새 잡은 말들 풀고
마른 잠을 청한다

누구나 간신히 견딜 뿐이다

# 비오리

비오리가 되겠네
정선 강가 벼랑
암굴 하나 얻어
외롭지 않게 알은 열다섯 개
어미가 뽑아 준 가슴털 속에서
더 큰 세상 명상하지
산다는 건 발을 멈추지 않는 것
한세상 깨고 나와
천 길 벼랑 구르고
인간의 길을 건너
강으로 떨어질 때까지
잠시도 쉴 수 없다네
혼자 뒤처지면 마지막이 되겠지
여울 거스르고
겨울새가 되겠네
할미꽃 피면
불거지와 어름치 잡고
날개에 힘을 붙여

동천을 날아오르겠네
또 다른 우주를 찾아가겠네

# 새로운 자리

어두운 광장 가로질러
시외버스 타고서야 알았다
환하게 펼쳐지는 길에선
모두들 반짝이고 있다는 걸

정류장에서 승객들은
별을 들고 오르고
딸 보러 왔다는 엄마는
달보자기 들고 내렸다

사랑하는 사람도 친구도 없는
빈손은 나뿐이었지만
사방이 너무 환해
하나도 외롭지 않았다

저 불붙는 지붕과 창문 들
이대로 계속 달리면 날아올라
다시는 돌아보지 않을 것처럼

우리는 반짝반짝 빛났다

# 새해

새벽이 온다 아무도 없는 길
학살당한 전신주들이 누워 있다
비상구 열리자 모두 떠난 자리
입속말로 중얼거리는 노래도 끝나지 않았는데
명절 홀로 불 밝힌 주유소처럼
그저 그런 영화의 종영 자막처럼
구겨진 표 한 장 손에 쥐고
좌석들이 접힌 극장에서
갑자기 불 켜진 세상은 또 얼마나 낯선지
찡그리며 일어나야 하는구나

## 시인에게

순장을 순정이라 속이는 사람은 믿지 마. 제 무덤 속으로 너를 끌어들이는 수작일 뿐이야. 사람이 좋다고 사랑도 좋진 않아. 자고 나면 어제가 부끄러운 날들. 누구나 그래. 알고 보면 모두 헛똑똑이들. 많이 배운 놈들이 실패에 더 무식해. 바보들만 사는 세상이 지금 여기보다 못할까? 우리는 그저 살아남기 위해서 사는 거야. 다른 게 더 있다 생각하면 상처만 늘어. 아무도 널 가르칠 순 없어. 다만 떠나라고 기차표를 사 줄 순 있지. 다음 역은 여기보다 괜찮을 거야. 넌 지금 가장 나쁜 마을을 벗어나는 중이니까.

# 신발

상갓집에서 신발을 잃어버렸다
겨우내 신고 다닌 털신
비싸지도 않고 예쁘지도 않은데
누가 신고 갔을까
제 수발에 몸을 바친 신발 버리고
남의 신에 발을 넣다니
어쩌면 신발이 선택했는지도 모르겠다
발의 신이
나보다 더 돌봐 줘야 할 발을 만났을지도
오늘 떠난 어머니는 또 누구를 품으려
아직 붙잡는 아이들을 두고
다른 별로 갔을까
검은 양말 같은 상복 입고
남겨진 자들이 신발을 찾아다니는데
발자국마저 덮으려는 듯
이른 봄
함박눈이 내리기 시작했다

# 실연사

국보나 보물은 없지만 입장료도 없는
땀이 눈물처럼 흐르는
한 삼십 분 오르면
헉헉대는 육신 부처가 꼭 안아 주는
그런 절이 있으면 좋겠다
거창하게 죽음을 꺼내지 않더라도
막 데어 어쩔 줄 오르는 화상 같은
이를테면 실연당한 사람에게
방석 내주고 차 한 잔 건네는
물방울만 한 절이 있었으면 좋겠다
낮에는 목탁이 달래고
밤에는 풍경이 다독거리는 추녀 밑
앉은뱅이책상과 이부자리만 있는 방에서
누구도 미워하지 않는 편지를 쓰면
다음 날 환한 얼굴로 집으로 돌아가는
그런 절이 있으면 좋겠다

## 심인

빗소리에 깼는데
별이 떠 있었지

지나온 길 버리고
푸드득 나래 펴는 밤

천둥 속 번개처럼
붉은 장미가 피더군

# 쓸쓸함에 대하여

처음 보는 천장을 보며 깨는 일은 이제 익숙합니다
낯선 도시의 어젯밤은 또
마지막 장면이 생각나지 않는군요
불을 켠 채 잠들었으니
당신 생각도 잠시 쉬었겠네요
밤새 여관은 비에 젖었습니다
길이 밀리기 전에 떠나려 했는데
열쇠를 돌려주고 나올 때부터
이마에 부딪쳐 깨지는 빗방울
먹구름이 잔뜩 낀 고속도로로
들어가기 전에
다시 한 번 생각해 볼 시간은 있을까요
가족도 친구도 없는 비가 내리고
약물 중독으로 죽은 가수가
사랑 노래를 부릅니다
이 장면도 참 익숙하군요

## 지하 주차장

빈자리 없어 내려갑니다
연옥이라도 좋은지
지상에 가까운 층들은 차고
곰팡이 냄새 축축한
맨 아래만 남았네요

천장에서 물이 새
바닥이 흥건합니다
서 있기만 한 차들이
녹슬고 있네요
지옥 같습니다

조명이 부족한 어둠이
슬금슬금 빈틈을 노리는
맨 아래층은 아직
빈자리가 남았으니
오늘 밤 지내 볼까요

공사 중 부도가 났답니다
사업주는 야반도주하고
집값은 떨어졌지요
보수공사는 없습니다
다시 올라가려면
내려온 길로 걸어가야 합니다

자리가 없으면
고급차도 내려갑니다
간혹 오토바이도 한 칸
단종된 경차도 한 칸이지요
누구나 엔진을 꺼야 하는
주차장은 평등합니다
그나마 다행이네요

# 춘분

강변에 서서 노래하네
푸른 재채기 시작하는 나무들과
봄 물결 버무리는 햇살
강변에 서서 노래하네
행여 누가 들을까 입속말로
당신 이름을 중얼거리네
기별도 없이 검은 기차 들어오고
마스크 쓴 사람들은
멀찍이 떨어져 지나가는데
강변에 서서 노래하네
꽃을 막는 바람 거세도
점점 더 낮이 길어질 거라고
물 위에 새로 일군 밭고랑을 보면서
강변에 서서 노래하네

# 코스모스

네가 멀어질 때
손목시계를 보았다
오후 네 시 반
그때 넌 내 손등 위로 걸어가고 있었다
다시 볼 수 없겠다 했던가
구름을 잡아타고
한 시간에 팔만 사천 리를 날아도
결국 손바닥을 벗어나지 못했다
나는 손을 뒤집으며 웃었다
오후 네 시 반
코스모스 활짝 핀 가을이었다.

4부

# 김시습

바랑에 흩어진 시신들을 담고 가네
몸이 다섯으로 찢어진 역적이라
아무도 나서지 못하더군
한때는 공신이다가
순식간에 삼족이 멸하는
동지가 동지를 밀고하고
삼촌이 조카를 죽이는
그래서 권력은 몹쓸 것이지
천재로 태어나 선왕의 총애 받고
세상 이치 다 안다 자부하더니
누가 임금이면 성에 찰까
죽여야 사는 사바에
시는 또 무슨 헛된 재주란 말인가
강변에 흙이나 몇 줌 덮어 주고
날이 새면 떠나려네
머리 깎고 출가했으니
내 상대는 부처뿐
남원 만복사쯤 내려가

저포 한번 던져 보려네
내가 이기면
하나씩 부족한 것들이 만나
이별도 슬프지 않은
죽음보다 깊은 사랑 얻으려나
바랑에 흩어진 시신들을 담고 가네
죽었든 살았든
누군들 여기서 벗어날 수 있겠나

# 빨리 감기

위층에서 흘리는 물이
폭포로 울리는 아침입니다
창밖에선 개 짖는 소리
오늘도 꿈은 한 근이 빠졌습니다
외출할 일 없는데 빨래 널고
커튼 걷어 햇살을 초대한 건
오후를 견디려는 수작이지요
여우고개엔 여우가 살지 않고
호수에는 이무기가 떠났으니
소주를 마셔도 취하지 않고
잠 못 드는 밤이 점점 길어집니다
늘 뻔한 얘기인데
전 빨리 감기가 안 될까요

# 상자

상자는 공간을 담고
난 죽음을 담는다
때로 기쁨이나 노래도 담지만
어두운 구멍으로 사라질 뿐
입구가 열리면 부서진다

# 싸락눈

다녀갔다는 소식은 들었습니다
소문은 사실보다 빨라
돌아가는 뒷모습은
병색이 완연했다더군요
며칠 전부터 가슴이 답답했습니다
잠이 마르고
시가 써지지 않더군요
만나지 못해 다행입니다
우리는 아직도 마스크를 쓰고
그때 덧난 상처가 아직입니다
한 일 년 더 기다려야겠군요
그때는 겨울도 기운 차리고
밑바닥까지 다 얼어붙었으면 합니다
눈 위에 눈이 쌓여
내 마음이 보이지 않으면 좋겠지요
뒤늦게 나선 젖은 걸음이
당신을 따라가지만
만나지 못할 것을 압니다

모든 이별은 다 이유가 있으니까요
우리는 간신히 존재하지만
잊히진 않습니다

# 약사천

버드나무 치렁처렁 늘어뜨린
봄내에 앉았습니다
대책도 없는 연두가
바랑에 살랑입니다
당신에게도 봄은 왔나요
우리는 긴 겨울을 건너왔지요
아직도 마스크 쓴 사람들이
불안한 눈으로 지나갑니다
하늘 가리며 올라가는 아파트 아래
물길 내고 버드나무 심는 마음이
나를 걷게 합니다
금방 여름이 오고 소나기 내리면
아픈 중생들을 위해
푸른 가지 흔드는 여래가 오겠지요
벽을 치는 망치 소리가
내를 건너면 노래가 됩니다

# 얇은 밤

밝으려면 세 시간이 남은 밤입니다. 다들 쉬는지 물소리 하나 나지 않고, 심장 뛰는 소리만 들리는 밤입니다. 호흡과 박동 사이 당신을 떠올리면, 부산쯤 기다리는 작은 배 한 척이 보이고, 바다 건너 자갈로 된 사막이 펼쳐집니다. 여우도 선인장도 없던 사막을 지우려는지 창이 조금 하얘지는 밤입니다. 사라진 왕조의 수도처럼 기둥만 남아, 마지막 순간의 대화재를 기억하는 두 손은, 아직도 당신을 놓치던 순간을 붙잡고 있습니다. 하얀 낙타 한 마리 세월교를 건너오는 밤입니다. 물병을 채우고 시집을 챙겨야겠지요. 길잡이별이 남아 있을 때 떠나려는 대상들이 조금 일찍 깬 밤입니다. 다시 지옥을 찾아가는 사내가 하프를 사르릉 사르릉 굴려 보는 밤입니다.

# 여름에게

곧 잘려 나갈 옥수수밭 머리 위로
비 온다
네가 연애를 말할 때
넘치는 붉은 마음 모르고
종점 향해 달려가는 트럭엔
포장된 어둠만 한가득
죽음을 모르고 실연을 말하고
소멸을 모르고 죽음을 말하니
개미들에게 끌려가는 매미처럼
어쩔 수 없는 순서
녹이 흘러내리는 자전거 끌고
천둥이 울리는 곳으로 떠난다
새로 올 가을을 위해 화장을 고치렴

# 온수지

큰 소리로 울지 말렴
깊은 슬픔은 너무 차
뿌리를 키울 수 없어
세상 두려울 게 없는
쏘가리조차 떠나지

눈시울이 붉어지거나
코끝이 찡해 오면
햇볕이 지키는 온수지로 가렴
무릎 정도 차오르는 아픔이
가슴까지 올라오지 않도록

원래 눈물은 차갑지 않아
기쁨을 식히라고 만들어 주었지
그런데 실망한 볼에서 식고
턱 아래로 떨어지면
믿음을 잃어버리지

고개 들고 바람을 만져 보렴
먼 길 가는 새들 날아와
기다란 부리로 속삭일 거야
이 작은 별에
울지 않는 이는 없고
웃지 않는 이도 없어

너희들은 다시 몸을 데우고
마른기침 한 번 한 뒤에
쑥스럽게 웃으며
바다로 흘러갈 테지

# 우크라이나를 위하여

외롭겠지
말로만 친구들
폭격은 쏟아지는데
억울하겠지
밀릴 싸움이 아니었으니
손발 다 묶어 놓고
대신 싸워 줄 것처럼 굴더니
상대는 미친 곰
어느 무당의 점괘를 믿는지
죽어도 죽어도 밀려오는
어리석은 군대들
제 피로 키운 독재자에게
제 목숨도 맡긴
가엾은 유권자들
어두워지겠지 당분간
포위된 도시에서 농성하며
봄이 봄을 죽이겠지
같은 말을 쓰고

같은 비명 지르는 포탄들
우크라이나여 키예프여 서울이여
공습 한 방이면 무너질 아파트 속에
희망이 살고 있는가
다음은 우리 차례
강남이라고 무사할까
잘못을 잘못이라 하지 않고
한강 저편 우크라이나를 외면한다면

# 웃음소리

유리잔을 떨어뜨렸다
내 부주의와
지구의 중력과
깨지고 싶은 유리잔의 의지가
바닥에 부딪혀 산산조각 났다
유리잔은 모양을 버리고
무수히 많은 조각으로 퍼졌다
진공청소기로도 다 빨아들이지 못하는
저 빛의 알갱이들은
창문을 열면 하늘로 날아
새로운 잔이 될 것이다
비가 오고 눈이 내릴 때
쨍그랑쨍그랑 소리 내 웃을 것이다

# 위험한 말

기다린다는 말은 위험합니다 그 안에 지진과 화산이
있으니까요 떨어진 벚꽃처럼 잠이 마르고 종일 어지러
움을 감지합니다 경보기 수치가 올라 붉은 등이 켜지고
곧 대피하란 방송이 나올 듯합니다 기다리지 말란 말은
더 위험합니다 그 안에는 이미 시작된 재앙이 있지요 어
쩌면 벌써 쓸어 가고 폐허만 남았을지도 모릅니다 그게
끝도 아니지요

시도 때도 없이 가슴이 흔들리고 유독한 말들이 분
출되기도 합니다 당신은 책임이 없지만 불빛이 반짝이
던 도시 하나가 사라집니다 몇천 년 후에나 농부가 밭
을 갈다가 무릎을 안고 죽어 간 미라를 발견하겠지요
혼자 오래 있다 보니 말이 길어졌네요 당신을 기다리는
중입니다

# 유령들의 도시

겨울 유령들이 풀려났지
숨어 살던 웅덩이에서
안개가 보호색이 되어
시가지까지 들어왔지
하얀 모자 하얀 구두 검붉은 혓바닥
명동 가로등 뒤에서 담뱃불 빌리고
일행을 못 알아볼 정도로 취한
풍물시장 전집에도 앉아 있었어
유령은 유령일 뿐인데
내가 거기까지 허락했는데
이미 사라진 독재의 막말을 중얼거리고
산 사람의 머리에 안개를 주입하지
당장 불편하지 않다고
내 말을 믿지 않는 인간들도 있지
세상에 유령이 어디 있어
어쩌면 겨울에 돌아다니는 유령이
봄까지 삼킬지도 몰라
키이유에서 서울에서 춘천에서

그러면 그 도시는 봄을 지워야 하겠지
어리석은 자들을 위해
내 탓은 아니지

# 윤달

하얀 달이 삼층탑을 비출 때 만나요
당신이 어디를 가든
귀신들이 어쩌지 못하는 날
지난 왕조의 절을 걸어요
흔적 없이 떠나는 게 어디 쉬운가요
누구도 기억하지 못하는 사람은 없어요
멀리서 부르는 노래도
다 알아듣는 귀가 있지요
우리 사이엔 아직도 보늬가 있어요
혀를 대면 씁쓸하지요
아무도 지키지 않는 산성처럼
텅 빈 밤이 펄럭이는 장대에서
이별은 긴 꼬리를 남기며 지나가는데
극락왕생은 바라지도 않아요
그저 하루 더 받은 행운
오늘은 어제를 버리고
순하게 손잡고 살아 보고 싶어요

# 이 별의 속도

꽃잎이 진해졌으니
곧 떠나겠네요
불탄 자리 같은 나무가
이별을 말하지요
당신은 어디서 흔들리고 있나요
하루가 아쉬운 달빛이
찻잔 속에 일렁이네요
차마 가지치기 못 한 마음에
어둠이 벌어지고 있어요
탁자에 꽃잎이 무성히 쌓이면
찬비 한 번 더 실하게 내리고
아무도 없는 그늘에
자두가 열리겠지요
여름 속에서 건강하세요
기다리기엔 이 별은
너무 빨라요

# 입춘

우리 아직 살아 있으니
열렬한 사랑은 없었던 걸로
누군가 위독한 밤
진통제 구하려 전화하던
너라는 치명적 모르핀
아는 얼굴 하나둘 떠나고
혼자 사는 마을 썰렁할 때
마른 기침으로 응원하는
다른 별의 이웃들
우리 아직 떨어져 있으니
버려진 기억은 없었던 걸로
창밖엔 벌거벗은 바람이 손짓하는
삶이란 게 고작
계산 끝나면 다른 방이 열리는 놀이
우리 아직 시작하지 않았으니
먼저 기권하는 일은 없는 걸로

# 정말 좋아하는 노래

정말 좋아하는 노래는 부르는 게 아니야
더 이상 갈 데가 없다고 느낄 때
눈물 대신 흐르는 거지
정말 좋아하는 노래는 슬픔으로 가득 차 있어
음표가 보이지 않지
온전하게 다 따라 불렀다면
정말 좋아하는 노래가 아니야
노래는 뇌를 뚫고 올라가 영혼을 찾아내지
정말 좋아하는 노래는 입 밖에 내지 마
한 소절 한 소절 너를 죽일 테니까
떠나간 사람 생각에 잠 못 드는 밤
머리맡에 노래가 있다고 생각하렴
정말 좋아하는 노래는 스스로 노래한단다
네가 잠들 때까지

# 즐거운 실연

얼마나 고마운지 실연이라니
가슴 아파 숨을 쉴 수 없다니
제발 매정하게 떠나시라
나는 구겨져 실컷 울다가
글자가 번지는 시를 써댈 테니
죽은 화산에 불을 당기듯
다른 사람 사랑한다고
이별을 통보하시라
덕분에 식욕을 잃고
잠이 마르니
밤이 길어 밀린 일도 하겠네
얼마나 고마운지 당신이라니
하루건너 싸우느라 바빴던
우리에게도 이제 평화가 오겠네
얼마나 다행인지 실연이라니
이 별 볼 일 없는 행성에서

# 실패한 연애의 형식—시는 영원하다

우대식 (시인)

전날 어떤 글에서도 말했거니와 시인 전윤호의 행적은 길에서 길로 이어지는 풍찬노숙의 여정이다. 안산, 담양, 충청도의 어느 문학관, 당진, 춘천, 서울 연희 문학관 등 일일이 거론하기도 어려울 정도로 떠돌고 있다. 그래도 최근에는 춘천 언저리에서 꽤 오랜 시간을 보내는 것 같아 바라보는 마음도 한결 나은 편이다. 시 원고 보따리를 싸 들고 떠돌면서 문을 걸어 잠그고 오로지 시에만 매달려 있으니 시인이라는 이름값을 스스로 매기고 있는 셈이다. 그의 시편들 이면에는 개별자들에게 세상은 분명 끝나는 날이 있을 것이며 그러한 마당에 오로지 시만 쓰다 마감하는 생도 있다는 것을 증명하려는 것처럼 보이기도 한다.

오랫동안 그는 도원이라고 상징되는 공간을 향해 시적 정성을 바쳐 왔다. 그것은 단지 고향 혹은 정선이라는 말로는 다 채울 수 없는 정신적 의식까지를 포함한 지향점이었으며, 세계의 불우를 넘어설 수 있게 해

주는 공간의식을 포함하고 있었다. 자신의 본적을 "도
원읍 무릉리"(「하류에서」, 『순수의 시대』)라고 끝없이
중얼거리며 걸어온 길 위에 새로 마련한 이번 시집은
자신이 살고 있는 현실에 대한 서늘한 인식을 더 하고
있다. 백석을 연상시키는 쓸쓸한 그리고 서늘한 세계
를 우리에게 던져 놓는 것이다.

> 너희들이 땅 사고
> 건물 올릴 때
> 벽돌 지고
> 벽을 칠했지
> 더 좋은 묘지를 만든답시고
> 법을 어기고
> 더 큰 묘지 올리라면
> 바위 캐내다
> 때로 순장도 당했지
> 밤마다 욱신거리는 몸으로
> 시를 쓴다
> 언젠가는 도굴당할
> 이 거대한 무덤 속에서
> 무너지지 않는 내 무덤
> 태워도 태워지지 않고

훔쳐도 훔쳐지지 않는

천 년 무덤을 위해

— 「종이무덤」 전문

이 시집 앞부분은 무덤 연작이라 해도 될 정도로 무덤에 대한 상상력이 곳곳에 드러난다. "어차피 세상은 더 큰 무덤"(「무덤 아이」 부분)이라고 덤덤히 말하고 있지만 그 무덤이란 단순히 봉분을 뜻하는 것은 아니다. 그가 꿈꾸는 무덤은 "무너지지 않는 무덤"(「무덤족」 부분)이며 "내가 모은 가장 아름다운 돌들이/ 빛나는 무덤"(「무덤족」 부분)이다. 무덤에 대한 좀 더 구체적인 진술은 「공공도서관」에 잘 나타나 있다. 도서관에서 책을 읽고 있는 사람들을 "눈에 불 켜고 무덤을 뒤지는 도굴범들"(「공공도서관」 부분)이라고 진술하고 있는 부분을 눈여겨보면 무덤은 책이다. 그 책은 "빌릴 수는 있어도/가질 수는 없는 집들"(「공공도서관」 부분)이라는 사실에서 그가 무덤을 짓는다는 것은 자신만의 세계를 완성하겠다는 것이고 그 구체적 현현이 시집일 터이다. 그랬을 때 무덤은 영원하다는 것에 값할 수 있다. 그러니 좋은 집에 살다 죽어 좋은 묘지를 마련한다는 것은 그의 관심 밖의 일임에 분명하다. "밤마다 욱신거리는 몸으로/시를" 쓰는 행위가 그에게는 무덤을 짓는 행위이며, 그가 풍찬노숙을 감내하는 이유도 "무너지지 않는 내 무덤"을 만들기 위함이다. "태워도 태워지지 않고/훔쳐도 훔쳐지지 않는/천 년 무덤"이란 문장과 관련지어 생각하면 바로 시집일 터이다. 평생을 무너지지 않는 시집을 만들기 위해 살아왔다는 고백을 듣게 된다. 어쩌면 이러한 의지야말로 그가 그악스러운 현실을 감내하고 걸어온 동력이었을 것이다. 이러한 시인으로서의 투철한 자의식은 아래와 같이 생생한 자화상을 만들어낸다.

> 구름표범이 나무 위에서 자고 있다
> 원숭이와 사슴 꿈을 꾸면서
> 열대우림은 안개로 자욱하고
> 나무 아래는 작은 것들이 돌아다닌다
>
> 구름표범은 듣는다
> 집을 떠난 신들이 돌아오지 않을 거라는
> 부엉이들의 수다
> 잠결에 약간 뒤척인 건
> 제법 큰 돼지가 지나가는 소리 때문이다
>
> 아직은 때가 아니다

번개 잡아타고
하늘로 올라갈 생각이지만


구름표범이 나무 위에서 자고 있다
어제 잡은 시를 생각하면서
목덜미의 싱싱함과
깨끗한 염통을 되새기면서
이 땅의 날들도 재미있지만
마스크가 지겨워
놈은 곧 떠날 것이다

—「구름표범」 전문


　"구름표범"의 명상은 명백히 자화상의 형식을 취하
고 있으며 "원숭이와 사슴(의) 꿈"은 시적 열망의 한
비유물이다. '집을 떠난 신은 돌아오지 않을' 것이라는
철학적인 사유는 시인이 형이상학적 질서에 안주하지
않는다는 것을 보여 준다. 때가 되면 번개를 잡아타고
하늘로 올라가겠다는 비약적 상상력은 그가 이 세계
를 그리 신뢰하지 않는다는 것을 보여 주는 것이기도
하다. 어제 잡은 시에서 "목덜미의 싱싱함과/깨끗한
염통을" 되새긴다는 상상력은 생존의 모든 조건이 시
에서 비롯되었음을 암시한다. 이러한 태도가 극단에

이르면 "깊은 밤/시가 나를 쓴다"(「근황」 부분)고 고백하게 된다. 주체와 객체가 무화된 상태는 합리적 이성의 관점에서 보자면 혼돈이겠지만 이 혼돈으로의 진입이야말로 신성함 혹은 시적 아우라를 회복하는 통로이기도 할 터이다. 이러한 혼돈의 상태에서 듣는 소리에는 귀기가 서려 있다. "너 아직 거기 있니/날 저물고/모두 집으로 돌아갔는데/불탄 빈집만 남은 공터에/너 아직 남아 있니"(「너 아직 거기 있니」 부분). 이 물음은 생존과 시, 현실과 환상, 삶과 죽음이 뒤섞인 내면에서 흘러나오는 자신의 목소리에 가깝다는 점에서 시에 투신한 한 존재의 쓸쓸한 자기 고백을 포함하고 있기도 하다. "너도 머리에 새를 키우니"(「새장」 부분)라는 독백도 이 세계로부터 유리된 자가 투명하게 자각한 자아의 형상을 보여 준다. 새장 속을 걷고 있는 머리의 새도 시인의 자화상의 모습을 띠고 있다. 이러한 불우의 존재 형식을 견디어내며 시를 통한 비상을 꿈꾸고 있는 것이다. 그가 떠도는 이유는 "맨머리로/단 한 줄을 쓰기 위해"(「봄비」 부분)서일 뿐이다.

이 시집의 여러 시편들이 실패한 연애의 형식으로 되어 있는 이유는 도원으로 돌아간다는 것의 불가능 때문이다. "도원의 잔잔한 강이/복숭아 꽃나무가 가득한 마을이/붉은 눈을 깜빡이는 자동차들 사이로 보

인다"(「고개 들어 보면」부분, 『늦은 인사』)는 전날의
시적 진술은 도원을 향한 집요한 지향을 보여 주고 있
다. 그러나 이번 시집에서는 도원에 대한 탐구가 보이
지 않는다. 도원 주변의 공간을 떠도는 것으로 도원에
대한 지향이 대체되어 있다는 느낌을 받는다. 강릉, 거
진, 홍련암, 물치항 등의 공간은 도원과는 다른 소멸의
공간으로 기능하고 있다.

　　　강릉에는 바다가 없었네
　　　모래사장 걸으며
　　　동행의 말에 귀 기울이고
　　　혼자인 사람들은 자기를 보고 있었네
　　　어둠이 내려 아무것도 보이지 않는다고
　　　누군가에게 큰소리로 전화하고
　　　식당을 고르는 일에 열중할 뿐
　　　어둠 속에서 엄마가 부르는 듯하여
　　　울고 있는 아이는
　　　한 발 더 가지 못해 주저앉고
　　　오징어 배도 보이지 않는 수평선에
　　　누군가 등 돌리고 걸어가고 있었네
　　　강릉에는 바다가 없었네
　　　사람들은 심각한 표정으로

자기가 왜 이곳까지 밀려왔는지 물을 뿐이었네

              — 「강릉에는 바다가 없었네」 전문


  강릉에 바다가 없다는 단호한 진술은 공간의 지향을 상실한 내면의 심리를 보여 준다. "자기가 왜 이곳까지 밀려왔는지 물을 뿐"이라는 비관적 진술 속에는 도원의 어떠한 이미지도 남아 있지 않다. 따라서 그 공간들은 "별도 없는 밤"(「물치항」 부분)의 시간이 지배하고 있다. 당신을 찾아간 홍련암은 이미 당신이 떠난 곳이었으며 보리암에 가서 길을 물으니 절벽을 가리켰다는 것도(「까닭」) 모두 상황 혹은 공간의 부재를 의미하는 것이다. "실연당한 사람에게/방석 내주고 차 한 잔 건네는/물방울만 한 절이 있었으면 좋겠다"(「실연사」 부분)는 구절은 도원을 잃고 떠도는 자의 간절한 바람일 터이다. 따라서 연애의 형식이란 잃어버린 세계에 대한 고통을 수반하고 있는 것이다. 그 고통에 비례해서 도원에 대한 그리움은 더욱 간절한 것이기도 하다.


    봄볕을 따라가니 고향이었다

    집은 다시 마당을 열고

    목줄이 없는 개가 길길이 뛰며 반겼다

아궁이엔 불이 한가득
쇠죽이 끓고 있는데
굴뚝같은 아버지는 보이지 않았다
멀리 다리 위에서
가방을 대충 든 아이들이
나를 보고 손을 흔들었다
하는 수 없이 밥을 안치고
아내를 찾으러 텃밭으로 갔다

―「굴뚝」 전문

이 시에는 도원에 대한 그리움이 간접적으로나마 새
겨져 있다. 모든 공간이 열려 있으며 움직이고 있다. 마
당은 열려 있고 개들은 뛰며 아궁이에 쇠죽이 끓는 장
면은 그가 도원 주변을 맴돌며 보여 주던 부재의 공간
과는 전혀 다른 형상을 하고 있다. 이 시의 절창은 마지
막 두 구절이다. 밥을 안친다는 뜬금없어 보이는 행위
는 시인이 지향하는 도원이 어느 먼 환상의 세계가 아
니라는 것을 뜻하기도 하다. 또한 도원은 누가 무엇을
하고 누구는 무엇을 해야 하는 구별로부터 벗어난 세계
다. 밥이 없어 밥을 안치고 아내를 찾아 텃밭으로 가는
일은 범부의 일상이기도 할 터이지만 더불어 살아가는
사람살이의 아름다움이 고스란히 담겨 있다. 어쩌면

그에게 도원은 추상적인 것으로부터 보다 구체적인 형상을 띠고 나타났다고 할 수 있다. 그럼에도 불구하고 그의 삶은 여전히 신산한 길 위에 서 있다. 시의 순교자로 서약한 자신과의 약속은 매일 이행되는 중인 까닭이다.

> 얼마나 고마운지 실연이라니
> 가슴 아파 숨을 쉴 수 없다니
> 제발 매정하게 떠나시라
> 나는 구겨져 실컷 울다가
> 글자가 번지는 시를 써댈 테니
> 죽은화산에 불을 당기듯
> 다른 사람 사랑한다고
> 이별을 통보하시라
> 덕분에 식욕을 잃고
> 잠이 마르니
> 밤이 길어 밀린 일도 하겠네
> 얼마나 고마운지 당신이라니
> 하루건너 싸우느라 바빴던
> 우리에게도 이제 평화가 오겠네
> 얼마나 다행인지 실연이라니
> 이 별 볼 일 없는 행성에서

사랑을 잃는 행위로서 더 나아가 버림받는 행위로
서의 실연을 즐겁다고 말하는 것은 반어적이다. 그러
나 이 반어 안에는 앞에 말한 시의 순례자로서의 삶
의 방식이 내포되어 있다. 가슴 아파 숨을 쉴 수 없다
가 쓰는 시, 구겨져 실컷 울다가 쓰는 시란 육필의 그
것이며 육박의 형식을 띨 수밖에 없을 터이다. 당신과
의 이별이 "글자가 번지는 시"로 환생할 수 있다는 환
희는 실연을 즐겁게 만든다. 이 실연이란 연애의 형식
일 뿐, 존재 앞에 가로놓인 무수한 상황과 운명을 뜻
하는 것이다. 어떠한 불행도 시로 치환하겠다는 의지
야말로 그가 쓰고 있는 연애사의 결말이 될 터이다.
"별 볼 일 없는 행성에서"의 시 쓰기에 모든 것을 건
한 시인을 바라보며 시란 무엇인가를 되물을 수밖에
없다. 그가 찾는 도원은 아마도 이 행성에 없을 것이
다. 그럼에도 시 보따리를 들고 행상을 하면서 도원을
찾아가는 그의 길은 멈추지 않을 것이다. 세계가 유한
하다는 것은 다시 말할 필요도 없을 터이지만 이 시집
을 보며 궁극으로 무엇을 하며 살 것인가를 새삼 생각
게 된다.

육십객이 되어서도 멈추지 못하고 떠도는 시인을

바라보며 이런 바람이 든다. 정선에 가자. 구절리 옆길
한참을 올라가 자개골 즈음에서 물에 들어가 더운 몸
을 식히고 히득거리며 지난 연애사를 이야기하자. 찬
술도 마음껏 마시고 강원상회에 사람을 보내 여우 같
은 할머니에게 민물고기도 사다가 매운탕도 끓이자.
끝내 흩어질 사람들과 밤을 새우자. 그리고 각자 길을
나서자. 하여 천 길 벼랑을 굴러 강으로 가자.

   이 시집 가운데 가장 아름답고도 슬픈 시를 하나
읽는 것으로 이 글을 마친다. 그는 진정 비오리가 될
작정이다.


   비오리가 되겠네
   정선 강가 벼랑
   암굴 하나 얻어
   (중략)
   할미꽃 피면
   불거지와 어름치 잡고
   날개에 힘을 붙여
   동천을 날아오르겠네
   또 다른 우주를 찾아가겠네
                        ―「비오리」 부분

밤은 깊고 바다로 가는 길은

2022년 10월 31일 1판 1쇄 펴냄

| | |
|---|---|
| 지은이 | 전윤호 |
| 펴낸이 | 김성규 |
| 편집 | 김안녕 김도현 |
| 디자인 | 신아영 |
| 펴낸곳 | 걷는사람 |
| 주소 | 서울 마포구 월드컵로16길 51 서교자이빌 304호 |
| 전화 | 02 323 2602 |
| 팩스 | 02 323 2603 |
| 등록 | 2016년 11월 18일 제25100-2016-000083호 |

ISBN 979-11-92333-32-8 04810
ISBN 979-11-89128-01-2 (세트)

* 이 책은 강원도와 강원문화재단의 후원을 받아 발간되었습니다.